U0087778

 獻給安琪拉

♥iREAD

如果冬天來了，告訴它我不在喔

文　　圖	西蒙娜·希洛羅
譯　　者	黃筱茵
責任編輯	蔡智蕾
美術編輯	郭雅萍

發 行 人	劉振強
出 版 者	三民書局股份有限公司
地　　址	臺北市復興北路 386 號 (復北門市)
	臺北市重慶南路一段 61 號 (重南門市)
電　　話	(02)25006600
網　　址	三民網路書店 https://www.sanmin.com.tw

出版日期	初版一刷 2020 年 10 月
書籍編號	S859191
I S B N	978-957-14-6855-6

IF WINTER COMES, TELL IT I'M NOT HERE
Copyright © 2020 by Simona Ciraolo. Published by arrangement with
Walker Books Ltd, London SE11 5HJ through
Bardon-Chinese Media Agency.
Traditional Chinese translation rights © 2020 San Min Book Co., Ltd.
ALL RIGHTS RESERVED.

如果冬天來了，
告訴它我不在喔

西蒙娜·希洛羅／文圖　黃筱茵／譯

三民書局

我最喜歡游泳了！

而且我游得很棒喔，
我以前一定
是一條魚。

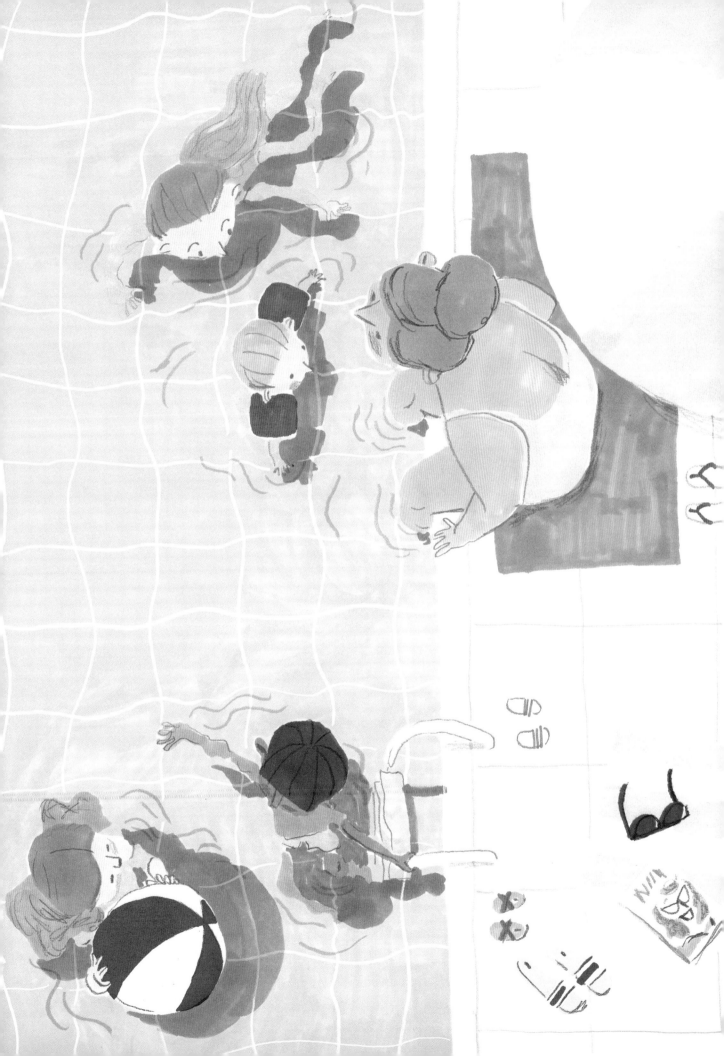

沒有什麼東西可以把我從水裡釣上來。

「趁夏天還在，你就好好享受吧，
因為它很快就要結束了。」姐姐說。
「夏天結束時會發生什麼事？」我問。

「這個嘛，首先是秋天降臨。白天變得越來越短，空氣中有一股涼意，而且樹葉會全部掉光。

你不再需要泳衣，
所以你可以跟它吻別了。

然後冬天到來。

黑夜變得很長很長，雨會下個不停，
一天又一天，你只能黏在沙發上。

一切都超級無聊，而且你會覺得超級冷，至於吃冰淇淋呀，你就連做夢，都不會夢到。」

我不想要相信她，
可是爸爸媽媽說那都是真的。

我什麼辦法也沒有，只能等待。

所以我努力尋找，不放過任何冬天的徵兆。

它們一個接著一個到來，就跟姐姐說的一樣。

空氣中有一股涼意，
樹上的葉子
開始掉落。

白天越來越短，夜晚早早降臨。
我們全家人都黏在沙發上。

雨ㄩˇ下ㄒㄧㄚˋ個ㄍㄜ˙不ㄅㄨˋ停ㄊㄧㄥˊ。

就ㄐㄧㄡˋ算ㄙㄨㄢˋ你ㄋㄧˇ再ㄗㄞˋ努ㄋㄨˇ力ㄌㄧˋ，也ㄧㄝˇ沒ㄇㄟˊ辦ㄅㄢˋ法ㄈㄚˇ保ㄅㄠˇ持ㄔˊ乾ㄍㄢ爽ㄕㄨㄤˇ。

我一點也不想吃冰淇淋了

——就連一次都沒想過。

原來，冬天跟我想的完全不一樣。

我ㄨㄛˇ喜ㄒㄧˇ歡ㄏㄨㄢ冬ㄉㄨㄥ天ㄊㄧㄢ。冬ㄉㄨㄥ天ㄊㄧㄢ一ㄧ樣ㄧㄤˋ超ㄔㄠ級ㄐㄧˊ好ㄏㄠˇ玩ㄨㄢˊ！

就算世界上
所有的顏色都被拿走，
也一點都不無聊。

所以ㄙㄨㄛˇ我ㄨㄛˇ決ㄐㄩㄝˊ定ㄉㄧㄥˋ
趁ㄔㄣˋ現ㄒㄧㄢˋ在ㄗㄞˋ好ㄏㄠˇ好ㄏㄠˇ享ㄒㄧㄤˇ受ㄕㄡˋ冬ㄉㄨㄥ天ㄊㄧㄢ，

因為它可不會
停留太久的時間。